MA VIE A VIRÉ AU BLEU

MAYA ANGELOU
CHEZ SEGHERS

(traduction de Santiago Artozqui)

RECUEILS

Et pourtant je m'élève, 2022
Rien ne me fera plier, 2025

ALBUM JEUNESSE

La vie ne me fait pas peur, dessins de Géraldine Alibeu, 2018, 2024
(Prix Lire et faire lire 2019)

POÈME-OBJET

Femme phénoménale, avec une œuvre d'Elizabeth Catlett,
There Is A Woman in Every Color, 2022

MAYA ANGELOU

MA VIE A VIRÉ AU BLEU

ÉDITION BILINGUE

Traduit de l'anglais (États-Unis)
et postfacé par Santiago Artozqui

ÉDITIONS SEGHERS

CETTE ÉDITION EST PUBLIÉE AVEC L'ACCORD DE RANDOM HOUSE,
UNE MARQUE ET UNE DIVISION DE PENGUIN RANDOM HOUSE LLC.

TITRE ORIGINAL : *SHAKER, WHY DON'T YOU SING?*

92, AVENUE DE FRANCE, 75013 PARIS
INFO@LISEZ.COM

DÉPÔT LÉGAL : AOÛT 2025
ISBN : 978-2-2321-4836-1

(ÉD. ORIGINALE : *THE COMPLETE POETRY* / MAYA ANGELOU,
ISBN 978-0-8129-9787-3, RANDOM HOUSE, NEW YORK, USA)

Un autre recueil
pour
Guy Johnson
et
Colin Ashanti Murphy Johnson

Merci à
Eleanor Traylor
pour son rayonnement

à Elizabeth Phillips
pour son art
à Ruth Beckford
pour sa constance

Awaking in New York

Curtains forcing their will
against the wind,
children sleep,
exchanging dreams with
seraphim. The city
drags itself awake on
subway straps; and
I, an alarm, awake as
a rumor of war,
lie stretching into dawn,
unasked and unheeded.

S’éveiller à New York

Les rideaux dressent leur volonté
contre le vent,
les enfants dorment,
troquant des rêves avec
les séraphins. La ville
finit de s’éveiller, accrochée
aux poignées du Subway ; et
moi, une alarme, alerte comme
une rumeur de guerre,
je m’étire dans l’aube,
non désirée et laissée pour compte.

A Good Woman Feeling Bad

The blues may be the life you've led
Or midnight hours in
An empty bed. But persecuting
Blues I've known
Could stalk
Like tigers, break like bone,

Pend like rope in
A gallows tree,
Make me curse
My pedigree,

Bitterness thick on
A rankling tongue,
A psalm to love that's
Left unsung,

Rivers heading north
But ending South,
Funeral music
In a going-home mouth.

All riddles are blues,
And all blues are sad,
And I'm only mentioning
Some blues I've had.

Une femme bien qui se sent mal

Le blues a peut-être été ta vie
Ou passer minuit
Dans un lit vide. Mais le blues
Qui m'a persécutée
Pouvait traquer
Comme un tigre, te briser comme un os,

Pendre comme une corde à
Une potence,
Me faire maudire
Mon ascendance,

L'amertume grasse sur
Une langue meurtrie,
Un psaume à l'amour
Qui demeure un non-dit,

Des fleuves majestueux
Qui partent à vau-l'eau,
De la musique funèbre
L'hymne qu'une bouche entonne.

Toute énigme est un blues,
Et tous les blues sont tristes,
Et je cite seulement
Certains blues sur ma liste.

The Health-Food Diner

No sprouted wheat and soya shoots
And brussels in a cake,
Carrot straw and spinach raw
(Today, I need a steak).

Not thick brown rice and rice pilau
Or mushrooms creamed on toast,
Turnips mashed and parsnips hashed
(I'm dreaming of a roast).

Health-food
folks around the world
Are thinned by anxious zeal,
They look for help in seafood kelp
(I count on breaded veal).

No Smoking signs, raw mustard greens,
Zucchini by the ton,
Uncooked kale and bodies frail
Are sure to make me run

to

Loins of pork and chicken thighs
And standing rib, so prime,
Pork chops brown and fresh ground round
(I crave them all the time).

Le restau diététique

Ni germes de blé ni pousses de soja
Ni choux de Bruxelles en cake,
Ni julienne de carottes ni épinards hachés
(Aujourd'hui, je veux du steak).

Pas de riz brun ni de riz pilaf
Ni de crème de champignons,
Pas de purée de navets ni de panais en dés
(Je rêve d'un chapon).

Sur terre,
Les fondus de diététique
Émaciés par un zèle bileux
Cherchent du réconfort dans le varech
(L'escalope panée, je trouve ça mieux).

Les panneaux Non Fumeur, la salade de moutarde,
Les courgettes à pleines brassées,
Le chou kale cru et les freluquets
Me feront à coup sûr détaler

vers

Les travers de porc, la côte de bœuf, si belle,
Et le poulet rôti,
Les côtelettes grillées et la viande hachée fraîche
(J'en meurs tout le temps d'envie).

Irish stews and boiled corned beef
And hot dogs by the scores,
Or any place that saves a space
For smoking carnivores.

La potée irlandaise et le corned-beef bouilli
Et des hot dogs, pléthore,
Ou n'importe quel lieu où sont bien accueillis
Les fumeurs carnivores.

A Georgia Song

We swallow the odors of Southern cities,
Fatback boiled to submission,
Tender evening poignancies of
Magnolia and the great green
Smell of fresh sweat.
In Southern fields,
The sound of distant
Feet running, or dancing,
And the liquid notes of
Sorrow songs,
Waltzes, screams and
French quadrilles float over
The loam of Georgia.

Sing me to sleep, Savannah.

Clocks run down in Tara's halls and dusty
Flags droop their unbearable
Sadness.

Remember our days, Susannah.

Oh, the blood-red clay,
Wet still with ancient
Wrongs, and Abenaa
Singing her Creole airs to Macon.
We long, dazed, for winter evenings
And a whitened moon,

Une chanson de Géorgie

Nous buvons les odeurs des villes sudistes,
Le lard cuit et recuit jusqu'à la soumission,
Les tendres déchirements nocturnes des
Magnolias et la verte
fragrance de sueur fraîche.
Dans les champs du Sud,
Le bruit lointain de
Pieds qui courent, ou dansent,
Et les notes liquides
Des chansons de chagrin,
Des valses, des cris et
Des quadrilles français flottent
Sur le terreau de Géorgie.

Chante jusqu'à ce que je dorme, Savannah.

Les horloges décrépissent dans les salons de Tara, et de
poussiéreux
Drapeaux croulent sous leur insupportable
Tristesse.

Souviens-toi de jadis, Susannah.

Oh, l'argile rouge sang,
Encore humide des anciens
Torts, et Abenaa
Qui chante ses airs créoles à Macon.
Hébétés, nostalgiques des soirées d'hiver
Et d'une lune blanchie,

And the snap of controllable fires.

Cry for our souls, Augusta.

We need a wind to strike
Sharply, as the thought of love
Betrayed can stop the heart.
An absence of tactile
Romance, no lips offering
Succulence, nor eyes
Rolling, disconnected from
A Sambo face.

Dare us new dreams, Columbus.

A cool new moon, a
Winter's night, calm blood,
Sluggish, moving only
Out of habit, we need
Peace.

O Atlanta, O deep, and
Once-lost city,

Chant for us a new song. A song
Of Southern peace.

Et du crépitement de feux maîtrisables.

Pleure pour nos âmes, Augusta.

Nous avons besoin qu'un vent frappe
Brutalement, comme penser à l'amour
Trahi peut arrêter le cœur.
Une absence de romance
Tactile, aucune succulence
Aux lèvres ni de
Tête de Bamboula
Aux yeux qui roulent, exorbités.

Mets-nous au défi d'avoir de nouveaux rêves, Columbus.

Une nouvelle lune froide, une
Nuit d'hiver, indolents,
Apathiques, ne bougeant que
Par habitude, nous avons besoin de
Paix.

Ô Atlanta, Ô ville profonde et
Autrefois perdue,

Entonne une nouvelle chanson pour nous. Une chanson
De paix pour le Sud.

Unmeasured Tempo

The sun rises at midday.
Nubile breasts sag to waistlines while
young loins grow dull,
so late.
Dreams are petted, like
cherished lapdogs
misunderstood and loved
too well.

Much knowledge
wrinkles the cerebellum,
but little informs.
Leaps are
made into narrow mincings.
Great desires strain
into petty wishes.
You did arrive, smiling,
but too late.

Tempo sans mesure

Le soleil se lève à midi.
Des poitrines nubiles s'affaissent sur la taille
tandis que de jeunes bas-ventres s'affadissent,
si tard.
Des rêves sont caressés, comme
des toutous chéris
incompris et aimés
trop fort.

Beaucoup de savoir
ride le cervelet,
mais instruit peu.
Les bonds
deviennent de tout petits pas.
Les grands désirs se muent
en souhaits mesquins.
Tu as fini par arriver, souriant,
mais trop tard.

Amoebaean for Daddy

I was a pretty baby.
White folks used to stop
My mother
Just to look at me.
(All black babies
Are Cute.) Mother called me
Bootsie and Daddy said...
(Nobody listened to him).

On the Union Pacific, a
Dining-car
waiter, bowing and scraping,
Momma told him to
Stand up straight, he shamed her
In the big house
(Bought from tips) in front of her
Nice club ladies.

His short legs were always
Half bent. He could have posed as
The Black jockey Mother found
And put on the lawn.
He sat silent when
We ate from the good railroad china
And stolen silver spoons.
Furniture crowded our
Lonely house.

Amébée pour papa

J'étais un joli bébé.
Les Blancs avaient l'habitude d'arrêter
Ma mère
Juste pour me regarder.
(Tous les bébés noirs
Sont Mignons.) Mère m'appelait
Bootsie et papa disait...
(Personne ne l'écoutait.)

Dans l'Union Pacific, un
Serveur du wagon-restaurant
faisait des courbettes,
Maman lui a dit de
Se redresser, il lui faisait honte
Dans la grande maison
(Achetée avec les pourboires) devant les
Gentilles dames de son club.

Ses jambes courtes étaient toujours
Arquées. Il aurait pu poser pour
Le jockey noir que Mère avait déniché
Et placé sur la pelouse.
Il s'asseyait en silence quand
Nous dînions dans la belle porcelaine des chemins de fer
Avec des cuillères en argent volées.
Les meubles encombraient notre
Maison isolée.

But I was young and played
In the evenings under a blanket of
Licorice sky. When Daddy came home
(I might be forgiven) that last night,
I had been running in the
Big backyard and
Stood sweating above the tired old man,
Panting like a young horse,
Impatient with his lingering. He said
"All I ever asked, all I ever asked, all I ever—"
Daddy, you should have died
Long before I was a
Pretty baby, and white
Folks used to stop
Just to look at me.

Mais j'étais jeune et je passais
Mes soirées à jouer sous un manteau de
Ciel réglisse. Quand papa est rentré
(On pourrait me pardonner) ce dernier soir,
J'avais beaucoup couru dans
La grande arrière-cour et
Je me tenais au-dessus du vieil homme fatigué,
Trempée de sueur, haletant comme un jeune cheval,
Impatiente parce qu'il s'attardait. Il a dit
« Tout ce que j'ai jamais demandé, tout ce que j'ai jamais demandé, tout ce que j'ai jamais... »
Papa, tu aurais dû mourir
Bien avant que je sois
Un joli bébé, et que les Blancs
Prennent l'habitude de s'arrêter
Juste pour me regarder.

Recovery

For Dugald

A last love,
proper in conclusion,
should snip the wings,
forbidding further flight.

But I, now,
reft of that confusion,
am lifted up
and speeding toward the light.

Guérison

Pour Dugald

Un dernier amour,
idéal en conclusion,
devrait vous rogner les ailes,
proscrire tout nouvel éveil.

Mais moi, maintenant,
délestée de cette confusion,
j'ai retrouvé le moral
et je fonce vers le soleil.

Impeccable Conception

I met a Lady Poet
who took for inspiration
colored birds, and whispered words,
a lover's hesitation.

A falling leaf could stir her.
A wilting, dying rose
would make her write, both day and night,
the most rewarding prose.

She'd find a hidden meaning
in every pair of pants,
then hurry home to be alone
and write about romance.

Conception impeccable

J'ai rencontré une poétesse
qui puisait son inspiration
dans les oiseaux bigarrés et les mots murmurés,
un amant pris d'hésitation.

Une feuille en tombant pouvait la bouleverser.
Une rose fanée, mourante,
la poussait à écrire, de jour comme de nuit,
une prose très gratifiante.

Elle trouvait un sens caché
à tout pantalon alentour,
puis courait se cloîtrer chez elle
pour écrire des histoires d'amour.

Caged Bird

A free bird leaps
on the back of the wind
and floats downstream
till the current ends
and dips his wing
in the orange sun rays
and dares to claim the sky.

But a bird that stalks
down his narrow cage
can seldom see through
his bars of rage
his wings are clipped and
his feet are tied
so he opens his throat to sing.

The caged bird sings
with a fearful trill
of things unknown
but longed for still
and his tune is heard
on the distant hill
for the caged bird
sings of freedom.

The free bird thinks of another breeze
and the trade winds soft through the sighing trees
and the fat worms waiting on a dawn-bright lawn
and he names the sky his own.

L'oiseau en cage

Libre, l'oiseau gambade
sur le dos du vent
et flotte vers l'aval
jusqu'au bout du courant
et plonge ses ailes
dans les rayons de soleil orange
et ose prétendre au ciel.

Mais l'oiseau qui arpente
l'exiguïté de sa cage
voit rarement à travers
les barreaux de sa rage
ses ailes sont coupées
et ses pattes entravées
alors il ouvre la gorge pour chanter.

L'oiseau en cage chante
dans un trille apeuré
des choses inconnues
et pourtant désirées
son chant est entendu
au loin sur la colline
car l'oiseau en cage
chante la liberté.

L'oiseau en liberté songe à une autre brise
et aux doux alizés soupirant dans les arbres,
aux vers gras qui l'attendent sur l'herbe claire à l'aube
et il fait sien le ciel.

But a caged bird stands on the grave of dreams
his shadow shouts on a nightmare scream
his wings are clipped and his feet are tied
so he opens his throat to sing.

The caged bird sings
with a fearful trill
of things unknown
but longed for still
and his tune is heard
on the distant hill
for the caged bird
sings of freedom.

Mais l'oiseau en cage foule la tombe des rêves
son ombre s'époumone dans un cauchemar sans trêve
ses ailes sont coupées et ses pattes entravées
alors il ouvre la gorge pour chanter.

L'oiseau en cage chante
dans un trille apeuré
des choses inconnues
et pourtant désirées
son chant est entendu
au loin sur la colline
car l'oiseau en cage
chante la liberté.

Avec Merci, Mother

From her perch of beauty
posing lofty,
Sustained upon the plaudits
of the crowd,

She praises all who kneel and
whispers softly,
"A genuflection's better
with head bowed."

Among the mass of people
who adore her
A solitary figure
holds her eyes.

His salty tears invoke
her sweet reaction,
"He's so much like his daddy
when he cries."

Avec Merci, Mère

Du haut de sa beauté
posant avec noblesse,
Soutenue par les vivats
de la foule,

Elle loue tous ceux qui s'agenouillent et
murmure doucement,
« Une bonne génuflexion
se fait en courbant la tête. »

Parmi la masse de gens
qui la vénère
Une figure solitaire
soutient son regard.

Ses larmes salées suscitent
en elle une douce réaction,
« Il ressemble tellement à son papa
quand il pleure. »

Arrival

Angels gather.
The rush of mad air
cyclones through.
Wing tips brush the
hair, a million
strands
stand; waving black anemones.
Hosannahs crush the
shell's ear tender, and
tremble
down clattering
to the floor.
Harps sound,
undulate their
sensuous meanings.
Hallelujah! Hallelujah!
You
beyond the door.

Arrivée

Les anges se rassemblent.
Une folle rafale
souffle comme un cyclone.
Des ailes brossent
les cheveux, un million de
mèches
rebiquent ; anémones noires ondulantes.
Des hosannas fracassent
le tendre creux de l'oreille,
tremblent et tombent
en cliquetant
sur le sol.
Des harpes résonnent,
ondoyant leurs
sentiments sensuels.
Alléluia ! Alléluia !
Toi
derrière la porte.

A Plagued Journey

There is no warning rattle at the door
nor heavy feet to stomp the foyer boards.
Safe in the dark prison, I know that
light slides over
the fingered work of a toothless
woman in Pakistan.
Happy prints of
an invisible time are illumined.
My mouth agape
rejects the solid air and
lungs hold. The invader takes
direction and
seeps through the plaster walls.
It is at my chamber, entering
the keyhole, pushing
through the padding of the door.
I cannot scream. A bone
of fear clogs my throat.
It is upon me. It is
sunrise, with Hope
its arrogant rider.
My mind, formerly quiescent
in its snug encasement, is strained
to look upon their rapturous visages,
to let them enter even into me.
I am forced
outside myself to
mount the light and ride joined with Hope.
Through all the bright hours

Un périple tourmenté

Aucun coup de semonce ne résonne à la porte
aucun pied ne martèle le parquet du couloir.
À l'abri dans la prison obscure, je sais que
la lumière glisse au-dessus
du travail manuel d'une femme
édentée au Pakistan.
De joyeux imprimés
datant d'un temps invisible sont illuminés.
Ma bouche béante
rejette l'air dense puis
je bloque mon souffle. L'envahisseur
prend ses repères et
s'infiltre à travers les murs de plâtre.
Il atteint ma chambre, passe
par le trou de la serrure, se fraye
un chemin à travers le capitonnage de la porte.
Je ne peux pas crier. Un os
de peur m'obstrue la gorge.
Il est sur moi. C'est
l'aurore, avec l'Espoir
pour cavalier arrogant.
Mon esprit, jadis tranquille
dans sa cavité douillette, est tenu
de regarder leur visage ravissant,
de les laisser entrer, même en moi.
Je suis forcée
hors de moi-même pour
enfourcher la lumière et chevaucher avec l'Espoir.
Tout au long des heures rutilantes

I cling to expectation, until
darkness comes to reclaim me
as its own. Hope fades, day is gone
into its irredeemable place
and I am thrown back into the familiar
bonds of disconsolation.
Gloom crawls around
lapping lasciviously
between my toes, at my ankles,
and it sucks the strands of my
hair. It forgives my heady
fling with Hope. I am
joined again into its
greedy arms.

Je m'accroche aux attentes, jusqu'à ce que
l'obscurité vienne me réclamer
comme un dû. L'Espoir s'estompe, le jour s'est enfui
dans son repaire inexpugnable
et je suis renvoyée aux familières
entraves du découragement.
La morosité rampe alentour,
lapant lascivement
entre mes orteils, mes chevilles,
elle suce les mèches de mes
cheveux. Elle pardonne mon escapade
enivrante avec l'Espoir. Je suis
de nouveau accueillie dans ses
bras cupides.

Starvation

Hurray! Hurry!
Come through the keyhole.
Don't mind the rotting
sashes, pass into the windows.
Come, good news.

I'm holding my apron
to catch your plumpness.
The largest pot shines
with happiness. The slack
walls of my purse, pulsing
pudenda, await you with
a new bride's longing.
The bread bin gapes and
the oven holds its cold
breath.
Hurry up! Hurry down!
Good tidings. Don't wait
out my misery. Do not play
coy with my longing.

Hunger has grown old and
ugly with me. We hate from
too much knowing. Come.
Press out this sour beast which
fills the bellies of my children
and laughs at each eviction notice.
Come!

Famine

Faites waouh ! Faites vite !
Passez par le trou de la serrure.
Oubliez les châssis
rouillés, passez par les fenêtres.
Entrez, bonnes nouvelles.

Je tends mon tablier
pour récolter vos rondeurs.
La casserole la plus grande brille
de joie. Les parois molles
de mon porte-monnaie, palpitantes
pudenda, vous attendent avec
l'ardent désir d'une jeune mariée.
La huche à pain est béante et
le four retient son souffle
froid.
Tombez vite ! Tombez dru !
Bonnes nouvelles. N'attendez pas
la fin de mes souffrances. Ne jouez pas
les timides avec mon désir.

La faim est devenue vieille et
moche avec moi. On se déteste de
trop se connaître. Venez.
Extirpez cette bête amère qui
emplit le ventre de mes enfants
et rit à chaque avis d'expulsion.
Venez !

Contemporary Announcement

Ring the big bells,
cook the cow,
put on your silver locket.
The landlord is knocking at the door
and I've got the rent in my pocket.

Douse the lights,
hold your breath,
take my heart in your hand.
I lost my job two weeks ago
and rent day's here again.

Annonce contemporaine

Sonne les grandes cloches,
fais rôtir le bœuf,
mets ton médaillon en argent.
Le proprio frappe à la porte
et j'ai le loyer dans ma poche.

Éteins les lumières,
retiens ton souffle,
prends mon cœur dans ta main.
J'ai perdu mon boulot il y a deux semaines,
et le jour du loyer est revenu.

Prelude to a Parting

Beside you, prone,
my naked skin finds
fault in touching.
Yet it is you
who draws away.
The tacit fact is:
the awful fear of losing
is not enough to cause
a fleeing love
to stay.

Prélude à une séparation

À côté de toi, sur le ventre,
ma peau nue trouve
à redire au contact.
Cependant, c'est toi
qui t'éloignes.
Le fait est tacite :
la peur terrible de la perte
ne suffit pas à forcer
un amour qui fuit
à rester.

Martial Choreograph

Hello, young sailor.
You are betrayed and
do not know the dance of death.
Dandy warrior, swaying to
Rick James on your
stereo, you do not hear the
bleat of triumphant war, its
roar is not in
your ears, filled with Stevie Wonder.

"Show me how to do like you.
Show me how to do it."

You will be surprised that
trees grunt when torn from
their root sockets to fandango into dust,
and exploding bombs force a lively Lindy
on grasses and frail bodies.

Go galloping on, bopping,
in the airport, young sailor.
Your body, virgin
still, has not swung the bloody buck-and-wing.
Manhood is a newly delivered
message. Your eyes,
rampant as an open city,
have not yet seen life steal from
limbs outstretched and trembling
like the arms of dancers
and dying swans.

Chorégraphie martiale

Salut, jeune marin.
Tu es trahi et
tu ignores la danse de la mort.
Guerrier dandy, tu te balances
au son de Rick James sur ta
stéréo, tu n'entends pas
les bêlements de la guerre triomphante,
son rugissement n'est pas
dans tes oreilles, pleines de Stevie Wonder.

« *Show me how to do like you.*
Show me how to do it. »

Tu seras surpris d'apprendre que
les arbres grognent quand on les
déracine pour un fandango dans la poussière,
et que les bombes font valser un Lindy endiablé
aux herbes et aux corps frêles.

Continue de galoper, de danser le bop
dans l'aéroport, jeune marin.
Ton corps, vierge
encore, n'a pas claqué le buck-and-wing sanglant.
La virilité est un message
délivré depuis peu. Tes yeux,
effrénés comme une ville ouverte,
n'ont toujours pas vu la vie faucher
des membres déployés et tremblants
tels les bras des danseurs
et les cygnes mourants.

To a Suitor

If you are Black and for me,
press steady, as the weight
of night. And I will show
cascades of brilliance, astrally.

If you are Black and constant,
descend importantly,
as ritual, and I will arch
a crescent moon, naturally.

À un prétendant

Si tu es noir et pour moi,
presse fermement, tel le poids
de la nuit. Et je montrerai
des cascades de brillance, astralement.

Si tu es noir et fidèle,
descends d'un air important,
tel un rituel, et j'arquerai
un croissant de lune, naturellement.

Insomniac

There are some nights when
sleep plays coy,
aloof and disdainful.
And all the wiles
that I employ to win
its service to my side
are useless as wounded pride,
and much more painful.

Insomniaque

Il y a des nuits où
le sommeil est évasif,
distant et dédaigneux.
Et tous les charmes
que je déploie
pour qu'il m'accorde ses services
sont vains comme un orgueil meurtri,
et bien plus douloureux.

Weekend Glory

Some dichty folks
don't know the facts,
posin' and preenin'
and puttin' on acts,
stretchin' their necks
and strainin' their backs.

They move into condos
up over the ranks,
pawn their souls
to the local banks.
Buyin' big cars
they can't afford,
ridin' around town
actin' bored.

If they want to learn how to live life right,
they ought to study me on Saturday night.

My job at the plant
ain't the biggest bet,
but I pay my bills
and stay out of debt.
I get my hair done
for my own self's sake,
so I don't have to pick
and I don't have to rake.

Gloire du week-end

Certains types louches
sont dans le déni,
ils posent, se pavanent
et jouent la comédie,
marchent la tête haute,
le dos droit comme un « i ».

Ils emménagent dans
des apparts princiers,
mettent leur âme au clou
dans les banques du quartier,
achètent de grosses voitures
qu'ils peuvent pas se payer,
et roulent dans la ville
en jouant les blasés.

S'ils veulent apprendre à profiter de la vie
ils devraient s'inspirer de mes soirées du samedi.

Mon boulot à l'usine
c'est pas vraiment la fête
mais je paye mes factures
et je n'ai pas de dettes.
Je vais chez le coiffeur
parce que ça me fait plaisir,
et que c'est pas moi qui démêle
et que c'est pas moi qui étire.

Take the church money out
and head cross town
to my friend girl's house
where we plan our round.
We meet our men and go to a joint
where the music is blues
and to the point.

Folks write about me.
They just can't see
how I work all week
at the factory.
Then get spruced up
and laugh and dance
and turn away from worry
with sassy glance.

They accuse me of livin'
from day to day,
but who are they kiddin'?
So are they.

My life ain't heaven
but it sure ain't hell.
I'm not on top
but I call it swell
if I'm able to work
and get paid right
and have the luck to be Black
on a Saturday night.

Je prends l'argent de l'église
et je traverse la cité
jusque chez ma copine
où on cale notre tournée.
On retrouve nos mecs et on va dans un bar
où la musique, c'est du blues
sans fard.

Les gens écrivent sur moi.
Ils imaginent même pas
comment je trime
toute la semaine à l'usine.
Puis je me pomponne
et ris et danse
et tourne le dos aux soucis
avec impertinence.

Ils me reprochent ma vie
à la petite semaine,
mais ils se moquent de qui ?
Ils font de même.

Ma vie, c'est pas le paradis
mais sûrement pas l'enfer.
Je suis pas tout en haut
mais je dis que c'est super
si j'ai un p'tit boulot
avec un bon salaire
et la chance d'être noire
le samedi soir.

The Lie

Today, you threaten to leave me.
I hold curses, in my mouth,
which could flood your path, sear
bottomless chasms in your road.

I keep, behind my lips,
invectives capable of tearing
the septum from your
nostrils and the skin from your back.

Tears, copious as a spring rain,
are checked in ducts
and screams are crowded in a corner
of my throat.

You are leaving?

Aloud, I say:
I'll help you pack, but it's getting late,
I have to hurry or miss my date.
When I return, I know you'll be gone.
Do drop a line or telephone.

Le mensonge

Aujourd'hui, tu menaces de me quitter.
Je garde, dans ma bouche, des insultes
qui pourraient inonder ton chemin, calciner
d'insondables gouffres sur ta route.

Je retiens, derrière mes lèvres,
des invectives capables d'arracher
le septum de ton nez
et la peau de ton dos.

Les larmes, épaisses comme une pluie de printemps
sont bloquées dans les canaux
et les cris acculés dans un coin
de ma gorge.

Tu t'en vas ?

À haute voix, je dis :
Je t'aiderais bien, mais il se fait tard,
Je suis pressée, j'ai un rencard.
Quand je vais rentrer, tu seras parti.
Passe un coup de fil, ou bien écris.

Prescience

Had I known that the heart
breaks slowly, dismantling itself
into unrecognizable plots of
misery,

Had I known the heart would leak,
slobbering its sap, with a vulgar
visibility, into the dressed-up
dining rooms of strangers,

Had I known that solitude could
stifle the breath, loosen the joint,
and force the tongue against the
palate,

Had I known that loneliness could
keloid, winding itself around the
body in an ominous and beautiful
cicatrix,

Had I known, yet I would have loved
you, your brash and insolent beauty,
your heavy comedic face
and knowledge of sweet
delights,

But from a distance.
I would have left you whole and wholly
for the delectation of those who
wanted more and cared less.

Prescience

Si j'avais su qu'un cœur
se brise lentement, se disloque
en méconnaissables lopins de
détresse,

Si j'avais su que mon cœur saignerait,
bavant sa sève avec une ostentation
vulgaire dans les élégantes
salles à manger d'inconnus,

Si j'avais su que la solitude pouvait
couper le souffle, délier la mâchoire
et forcer la langue contre le
palais,

Si j'avais su que la solitude pouvait
chéloïser, s'enrouler autour
du corps en une menaçante et belle
cicatrice,

Si j'avais su, je vous aurais quand même aimés,
toi, ton impétueuse et insolente beauté,
ton visage comique et lourd
et ta connaissance des doux
plaisirs.

Mais avec le recul,
je t'aurais laissé tout entier
à la délectation de ceux qui
en voulaient plus et s'en souciaient moins.

Family Affairs

You let down, from arched
Windows,
Over hand-cut
stones of your
Cathedrals, seas of golden hair.

While I, pulled by dusty braids,
Left furrows in the
Sands of African beaches.

Princes and commoners
Climbed over waves to reach
Your vaulted boudoirs,

As the sun, capriciously,
Struck silver fire from waiting
Chains, where I was bound.

My screams never reached
The rare tower where you
Lay, birthing masters for
My sons, and for my
Daughters, a swarm of
Unclean badgers, to consume
Their history.

Tired now of pedestal existence
For fear of flying
And vertigo, you descend

Affaires de famille

Tu déverses, depuis les arches
Des fenêtres
Surplombant les pierres taillées de tes
Cathédrales, des mers de cheveux blonds.

Tandis que moi, traînée par des tresses poussiéreuses,
J'ai laissé des sillons sur le
Sable des plages africaines.

Des princes et des roturiers
Ont grimpé sur des vagues pour atteindre
tes boudoirs voûtés,

Tandis que le soleil, capricieusement,
Tirait un feu argenté des chaînes
Qui attendaient et m'étaient destinées.

Mes cris n'ont jamais atteint
La tour singulière où tu
Reposais, enfantant des maîtres pour
Mes fils, et pour mes
Filles, un essaim de
Harceleurs malsains voués à consumer
leur histoire.

Désormais lasse de vivre sur un piédestal
Par peur de voler
Et du vertige, tu descends

And step lightly over
My centuries of horror
And take my hand,
Smiling, call me
        Sister.

Sister, accept
That I must wait a
While. Allow an age
Of dust to fill
Ruts left on my
Beach in Africa.

Et marches d'un pas léger sur
Mes siècles d'horreur
et tu prends ma main,
en souriant, tu m'appelles
          Sœur.

Sœur, accepte
Qu'il me faille encore un
Moment. Permets qu'un âge
De poussière emplisse
Les ornières restées sur ma
Plage en Afrique.

Changes

Fickle comfort steals away
What it knows
It will not say
What it can
It will not do
It flies from me
To humor you.

Capricious peace will not bind
The severed nerves
The jagged mind
The shattered dream
The loveless sleep
It frolics now
Within your keep.

Confidence, that popinjay,
Is planning now
To slip away
Look fast
It's fading rapidly
Tomorrow it returns to me.

Changements

Le confort volage file en douce
Ce qu'il sait
Il ne le dira pas
Ce qu'il peut
Il ne le fera pas
Il me fuit
Pour te distraire.

La paix fantasque ne réparera pas
Les nerfs sectionnés
L'esprit cabossé
Le rêve fracassé
Le sommeil sans passion
Elle folâtre maintenant
Dans ton donjon.

La confiance, cette bonimenteuse,
Projette à présent
De prendre la fuite
Regarde dépêche-toi
Elle part vite
Demain elle revient à moi.

Brief Innocence

Dawn offers
innocence to a half-mad city.

The axe-keen
intent of all our
days for this brief
moment lies soft, nuzzling
the breast of morning,
crooning, still sleep-besotted,
of childish pranks with
angels.

Brève innocence

L’aurore offre
l’innocence à une ville à moitié folle.

Tranchante comme une hache,
notre détermination
quotidienne pour ce bref
moment repose paisiblement, lovée
contre la poitrine du matin,
chantonnant, encore éprise de sommeil,
des facéties enfantines avec
les anges.

The Last Decision

The print is too small, distressing me.
Wavering black things on the page.
Wriggling polliwogs all about.
I know it's my age.
I'll have to give up reading.

The food is too rich, revolting me.
I swallow it hot or force it down cold,
and wait all day as it sits in my throat.
Tired as I am, I know I've grown old.
I'll have to give up eating.

My children's concerns are tiring me.
They stand at my bed and move their lips,
and I cannot hear one single word.
I'd rather give up listening.

Life is too busy, wearying me.
Questions and answers and heavy thought.
I've subtracted and added and multiplied,
and all my figuring has come to naught.
Today I'll give up living.

La dernière décision

C'est imprimé trop petit, ça m'angoisse.
Des choses noires qui ondulent sur la page.
Des têtards tremblotant un peu partout.
Je sais que c'est mon âge.
Il faudra que j'arrête de lire.

La nourriture est trop riche, ça me dégoûte.
Je l'avale chaude ou je l'ingère froide,
et elle me reste toute la journée en travers de la gorge.
Fatiguée comme je suis, je sais que j'ai vieilli.
Il faudra que j'arrête de manger.

L'inquiétude de mes enfants me fatigue.
Ils se tiennent à mon chevet et remuent les lèvres,
et je n'arrive pas à entendre un seul mot.
J'aimerais mieux arrêter d'écouter.

La vie est trop mouvementée, ça m'épuise.
Des questions et des réponses et de lourdes pensées.
J'ai soustrait et ajouté et multiplié,
et le résultat de tous mes calculs, c'est zéro.
Aujourd'hui je vais arrêter de vivre.

Slave Coffle

Just Beyond my reaching,
    an itch away from fingers,
    was the river bed
    and the high road home.

Now Beneath my walking,
    solid down to China,
    all the earth is horror
    and the dark night long.

Then Before the dawning,
    bright as grinning demons,
    came the fearful knowledge
    that my life was gone.

Caravane d'esclaves

Juste Hors de ma portée,
à un iota de mes doigts,
couraient le lit du fleuve
et la route vers chez moi.

Maintenant Sous mes pas,
et partout jusqu'en Chine,
toute la terre est horreur
et la nuit noire est longue.

Alors Avant l'aurore,
tel le sourire d'un diable,
vint le savoir terrible
que ma vie avait fui.

Shaker, Why Don't You Sing?

Evicted from sleep's mute palace,
I wait in silence
for the bridal croon;
your legs rubbing insistent
rhythm against my thighs,
your breath moaning
a canticle in my hair.
But the solemn moments,
unuttering, pass in
unaccompanied procession.
You, whose chanteys hummed
my life alive, have withdrawn
your music and lean inaudibly
on the quiet slope of memory.

O Shaker, why don't you sing?

In the night noisy with
street cries and the triumph
of amorous insects, I focus beyond
those cacophonies for
the anthem of your hands and swelling chest,
for the perfect harmonies which are
your lips. Yet darkness brings
no syncopated promise. I rest somewhere
between the unsung notes of night.

Shaker, why don't you sing?

Shaker, pourquoi ne chantes-tu pas ?

Évincée du palais muet du sommeil,
j'attends en silence
le roucoulement nuptial ;
tes jambes frottent avec insistance
un rythme contre mes cuisses,
ton souffle gémit
un cantique dans mes cheveux.
Mais les moments solennels,
sans un mot, passent en
procession solitaire.
Toi, dont les chants de marin fredonnaient
vie à ma vie, tu as éteint
ta musique pour t'allonger sans bruit
sur la pente douce des souvenirs.

Ô Shaker, pourquoi ne chantes-tu pas ?

Dans la nuit résonnant des
cris de rue et du triomphe
d'insectes amoureux, je me concentre par-delà
ces cacophonies sur
l'hymne de tes mains et de ton torse qui se gonfle,
sur les harmonies parfaites que sont
tes lèvres. Pourtant l'obscurité n'apporte
aucune promesse syncopée. Je repose quelque part
entre les notes ignorées de la nuit.

Shaker, pourquoi ne chantes-tu pas ?

My Life Has Turned to Blue

Our summer's gone,
the golden days are through.
The rosy dawns I used to
wake with you
have turned to grey,
my life has turned to blue.

The once-green lawns
glisten now with dew.
Red robin's gone,
down to the South he flew.
Left here alone,
my life has turned to blue.

I've heard the news
that winter too will pass,
that spring's a sign
that summer's due at last.
But until I see you
lying in green grass,
my life has turned to blue.

Ma vie a viré au bleu

Notre été s'est enfui,
les jours dorés sont révolus.
Les aubes roses d'autrefois
quand je m'éveillais avec toi
ont viré au gris,
ma vie a viré au bleu.

Les pelouses vertes de jadis
luisent à présent de rosée.
Le rouge-gorge s'est enfui,
vers le Sud il s'est envolé.
Laissée ici toute seule,
ma vie a viré au bleu.

J'ai entendu aux infos
que l'hiver aussi passera,
que le printemps est un signe
que l'été enfin viendra.
Mais jusqu'à ce que je te voie
allongé dans l'herbe verte,
ma vie a viré au bleu.

Ma vie a viré au blues

Postface de Santiago Artozqui

Maya Angelou et le blues, c'est une longue histoire. Sa vie, son œuvre et sa pensée sont étroitement imbriquées dans cet héritage culturel qu'elle partage avec sa communauté – une approche du monde et une manière d'être dont elle s'est emparée et qui ont construit son imaginaire. L'attachement constant qu'elle a manifesté pour cette souche-mère de bien des branches de la culture afro-américaine est évident quand on la voit déclamer ses poèmes sur scène. Sa voix, sa diction, les postures qu'elle adopte, sa façon de ponctuer une strophe qui l'amuse par un éclat de rire ou un regard malicieux doivent beaucoup aux troupes itinérantes d'artistes qui jouaient des vaudevilles émaillés de chansons populaires et qui, les premières, ont intégré ce nouveau genre musical à leurs spectacles. Mais pour véritablement saisir ce que le blues représente pour une Afro-Américaine née en 1928 dans un État sudiste, raciste et ségrégationniste, il est nécessaire de remonter un peu dans le temps.

Au sortir de la guerre de Sécession, la période dite de la Reconstruction avait vu les droits des Noirs progresser, mais lorsqu'elle a pris fin, en 1877, le retour de bâton réactionnaire a été violent, et le Sud a rétabli *de facto* un régime ségrégationniste. Bien sûr, le racisme avait aussi cours dans le Nord, même dans des bastions de la culture noire comme Chicago ou Harlem, mais à Atlanta ou dans le fin fond du Mississippi, la situation était bien pire. Et c'est précisément là, dans ce Sud profond, qu'ont émergé les premiers accords d'une étrange musique qui mêlait les modes mineur

et majeur de la tradition occidentale[1] pour en tirer des émotions nouvelles.
Au tournant du siècle, l'état d'esprit général du pays est plutôt à l'optimisme. Avec l'industrialisation, un Américain blanc et pauvre a des chances raisonnables de gravir l'échelle sociale, tandis qu'un Noir pauvre a besoin de talent, de ténacité, de pas mal de débrouillardise et d'un peu de bonne fortune pour s'en sortir, mais son avenir semble moins muré que vingt ans plus tôt. La classe moyenne noire issue de la Reconstruction s'organise, avec un fort sentiment communautaire, et certains des principaux acteurs du renouveau culturel noir qui s'annonce sont enfants ou adolescents pendant la première décennie du XXe siècle. Le capitalisme sauvage est au mieux de sa forme, l'argent circule, ceux qui en ont beaucoup ont envie de le dépenser et de faire la fête, aussi y a-t-il des débouchés pour les Afro-Américains qui souhaitent gagner leur vie sur les planches. À partir de 1910, les musiciens itinérants intègrent des chansons blues à leurs spectacles, et ils remplissent les salles. Le 10 août 1920, après avoir été la première Noire à enregistrer un blues pour un label américain, Mamie Smith sort le premier tube interprété par une Afro-Américaine, « Crazy Blues », qui se vendra à un million d'exemplaires en moins de six mois et lui permettra de tourner aux États-Unis et en Europe[2]. Ce succès massif suffit à lancer un marché – et même une vogue – pour les chanteuses noires. L'une des plus célèbres, Ma Rainey, surnommée la « Mère du Blues », née en 1886, à Columbus, en Géorgie, montera un groupe avec son mari : Rainey and Rainey, Assassinators of the Blues. Bisexuelle, extravertie et adepte de prises de position franches, Ma Rainey n'hésite pas à évoquer dans ses textes ses excès ou sa sexualité. Elle enregistre une centaine de disques de 1923

à 1930, dont le célèbre « See See Rider », un standard qui sera repris par des dizaines d'artistes au cours du siècle.

La petite Marguerite « Maya » Johnson a beau vivre dans un coin reculé de l'Arkansas, elle entend ces tubes à la radio ou dans les speakeasies où les musiciens locaux les jouent. Et elle n'est pas insensible à ces « chansons de chagrin » dont les paroles, souvent porteuses d'un double sens, amusent les fêtards. Car les premières voix du blues ne célèbrent pas la tristesse, mais dressent plutôt un constat sur le quotidien des Noirs avec une bonne dose d'ironie – leurs auteurs, qui se produisent dans ce qu'on appellerait aujourd'hui des bals populaires, cherchent à faire rire et danser leur public, et non à lui plomber le moral. Mais le sous-texte de ces chansons porte souvent des revendications sociales, des affirmations identitaires et des critiques marquées, que les rimes, les mélodies, le recours à un argot afro-américain entrelardé de métaphores pas toujours très subtiles permettent de diffuser, malgré le racisme institutionnel généralisé. Ma Rainey, par exemple, n'hésite pas à prendre des positions qu'on qualifierait de nos jours de féministes ou de queer :

I don't want no man to put no sugar in my tea
Some of them are so evil, I'm 'fraid they might poison me.
« Bo-Weavil Blues » (1923)

Je veux pas qu'un homme mette du sucre dans mon thé
Certains sont si mauvais, j'crains d'être empoisonnée.

En 1939, Billie Holiday franchit une étape majeure sur le chemin vers l'obtention des droits civiques avec « Strange Fruit », une chanson qui rencontre un succès immédiat malgré la brutalité son sujet : le lynchage des

Noirs, qui pendent à des arbres comme des « fruits », une image que Maya Angelou reprendra souvent. Toutes ces chanteuses – et tant d'autres tombées dans l'oubli – étaient des stars. Dans un contexte de crise économique (la Grande Dépression) et morale (les lois Jim Crow), pour une enfant noire vivant dans une petite municipalité rurale de l'Arkansas où le Ku Klux Klan faisait la pluie et le beau temps, ces femmes étaient les seules figures d'identification disponibles, les seules Afro-Américaines de sa condition qui étaient parvenues à en sortir, les seules à pouvoir déclarer « Et pourtant, je m'élève » au mépris de la ségrégation. Elles ont marqué l'imaginaire de Maya Angelou, joué un rôle majeur dans la construction de son identité, modelé sa personnalité, et entrent de toute évidence dans le panthéon de ces « grands-mères noires » qu'elle a célébrées tout au long de son œuvre. Il n'est donc pas surprenant qu'elle ait, comme elles, cherché dans le blues la possibilité de s'exprimer et de s'émanciper.

Car le blues est une musique, certes, mais c'est surtout une philosophie, une façon d'aborder la vie avec humour et dérision, et de ne pas laisser les malheurs vous empêcher de profiter des bons moments qu'elle vous accorde. À l'époque, c'est aussi un espace de liberté qui permet aux femmes de partager leur vision du monde, dans la mesure où il fournit un cadre à l'intérieur duquel leur parole est acceptée, ce qui n'est le cas ni dans la société au sens large ni au sein de la communauté noire (comme en témoignera plus tard Pauli Murray, l'une des premières Afro-Américaines à critiquer le sexisme dans le mouvement américain des droits civiques). Enfin, le recours au parler vernaculaire est de toute évidence un élément

fédérateur pour les Afro-Américains, qui comprennent cette langue et s'y reconnaissent. Le blues est donc une culture à la fois émancipatrice et intégratrice, ouverte à des identités multiples[3].
Lorsqu'on affirme que l'œuvre de Maya Angelou y trouve ses racines, c'est à tout cet héritage que l'on se réfère, et pas seulement à un style musical. Cette grille de lecture est essentielle pour comprendre et traduire sa poésie, parce qu'elle permet de déchiffrer la matière même qui la constitue : les sons et le rythme de la langue. Comme nous allons le voir, ce prisme va nous être utile, et tout d'abord pour comprendre le titre original du recueil : *Shaker, Why Don't You Sing?*

Qu'est-ce donc que ce *Shaker* qui ne chante pas ? Quand on découvre le poème éponyme, la seule chose dont on est à peu près certain, c'est que Maya Angelou ne parle pas de l'accessoire qui sert à préparer des cocktails. Le fait que le mot soit écrit avec « S » majuscule dans le cours d'une phrase confirme que ce n'est pas un nom commun. Il pourrait bien sûr s'agir d'un nom propre, un amant surnommé Shaker. Quelques recherches supplémentaires suggèrent que le terme pourrait aussi désigner un membre de la secte des *shakers* (qui s'orthographie avec une majuscule en anglais), une branche presque éteinte des quakers, dont la dernière colonie a été fondée en 1898, à White Oak, en Géorgie. Les *shakers* étaient connus pour les danses et les chants effrénés qu'ils pratiquaient lors de leurs offices, dans un état de transe. Néanmoins, cette interprétation ne tient pas, notamment parce que le poème de Maya Angelou a de toute évidence des connotations sensuelles, voire sexuelles, alors que les adeptes de cette secte dédaignaient la sexualité et faisaient vœu de célibat.

Reste donc une troisième piste, celle de l'argot afro-américain, auquel Maya Angelou a souvent recours. Et cette voie est d'emblée prometteuse – pour être honnête, c'est même la première qui vient à l'esprit. En effet, l'emploi de *shake* pour désigner la danse et sous-entendre ainsi les mouvements du bassin dans les rapports sexuels est constant dans le blues, le funk, le rap et la musique afro-américaine en général : de Charlie Patton, avec « Shake it and Break it » (« Secoue-le et casse-le », 1929), à Elmore James et son célèbre « Shake Your Money Maker » (« Remue ton gagne-pain », 1961), en passant par Outkast, qui scande « *shake it like a Polaroid picture* » (« Secoue-le comme un polaroid ») dans « Hey Ya! », en 2003, la liste est longue. À l'écoute des paroles de ces simples exemples, les connotations sexuelles du terme sont évidentes, et on est très tentés de les entendre aussi dans *Shaker, Why Don't You Sing?* Si Maya Angelou était encore en vie, on aurait pu lui poser la question, mais, la plupart du temps, les poètes répondent qu'un mot est porteur de l'ensemble des sens qu'on lui trouve... Quoi qu'il en soit, la piste du surnom donné à l'amant avec lequel la passion s'est éteinte demeure la plus probable ; et, comme il est d'usage en traduction de conserver les noms propres, on pourra garder *Shaker* (qui sonne quand même mieux que « secoueur »).

Néanmoins, la tradition poétique voudrait que le titre d'un recueil préfigure l'essence des thèmes qu'il aborde. Or, la traduction littérale de l'anglais (« Shaker, pourquoi ne chantes-tu pas ? ») ne remplit pas ce rôle, parce que, sur la couverture, hors contexte, elle n'évoquerait pas grand-chose à un francophone, si ce n'est, peut-être, des images de pénurie de cocktails... En tout cas rien qui soit en rapport avec le propos de l'autrice. En effet, si Maya Angelou aborde des thèmes sociaux ou parle de la condition des Noirs, près de la moitié des poèmes du recueil portent sur la passion disparue, la rupture, l'absence, la déception amoureuse et la dépression qui s'ensuit. Maya Angelou publie *Shaker, Why Don't You sing?* en 1983 ; deux ans plus tôt, elle a divorcé de son deuxième mari, Paul du Feu. À cinquante-cinq ans, elle se pose des questions sur cette flamme qui s'est éteinte, et sur la possibilité ou la pertinence de vouloir la rallumer (dans « Prélude à une séparation », « Guérison », ou « Tempo sans mesure », et dans « Shaker... », bien sûr). On sent qu'elle doute. Alors, elle se tourne vers le blues, un moyen d'expression qui, outre le recul et le réconfort dont elle a besoin, lui offre un cadre créatif familier. L'amour déçu, le mari parti ou l'espoir de jours meilleurs sont des thèmes récurrents dans l'univers du blues, et elle sait qu'à travers le prisme et les codes de cette contre-culture elle pourra transcender son histoire personnelle pour en faire une expérience dans laquelle ses lecteurs se reconnaîtront.

Il nous faut donc un titre qui raconte tout cela à un francophone, des mots qui – comme *Shaker, Why Don't You Sing?* pour un anglophone – évoquent la nostalgie de la passion perdue, la référence au blues en tant que manière d'être, et une certaine forme de fatalisme. Maya Angelou se porte de nouveau à notre secours en nous fournissant une seconde clé de lecture, le poème qui clôt le recueil : « Ma vie a viré au bleu ». On y trouve les mêmes thèmes que dans « Shaker... » : le désamour, la nostalgie, le bleu en métonymie symbolique du blues, l'espoir du retour des jours meilleurs, le présent envisagé avec résignation. La symétrie est frappante. Son dernier vers, qui reprend son titre, s'achève sur le mot « bleu ». Dès lors, le choix s'est imposé à nous comme une évidence, comme si Maya Angelou nous lançait avec un sourire mutin : « Je sais que vous n'arriverez pas à traduire mon titre, mais si vous creusez un peu, je vous en donne un autre ! » Alors, nous l'avons écoutée. C'est pourquoi ce recueil s'intitule *Ma vie a viré au bleu.*

Notes

1. Cette façon de réduire le blues à une superposition des deux modes les plus courants de la théorie occidentale de la musique est schématique et très eurocentrée. Dans ce cadre – pour faire bref, celui du clavier bien tempéré –, il n'y a rien entre un *si* et un *do*. Pourtant, d'autres cultures jouent avec les notes qui existent dans cet espace, et l'on entend très clairement dans le blues ces influences externes, comme les gammes pentatoniques mineures, les inflexions microtonales ou les mélanges binaire/ternaire que l'on retrouve à profusion dans les chants des Amérindiens (Sioux, Cherokees...). Les premiers bluesmen ne se sont jamais dit : « Tiens, je vais jouer une pentatonique mineure sur un accord majeur. C'est très intéressant. » Ils baignaient simplement dans un métissage de diverses cultures qui avaient en commun le fait d'être opprimées.
2. Le premier volume de l'ouvrage de Gunther Schuller sur l'histoire du jazz est une mine d'informations pour qui s'intéresse à la naissance du blues : Gunther Schuller, *L'Histoire du jazz*, tome I, « Le premier jazz, des origines à 1930 », traduit de l'anglais (États-Unis) par Danièle Ouzilou, Éditions Parenthèses, PUF, 1997.
3. Précisons que tout ce qui précède concerne le blues en tant que culture, et non son exploitation par l'industrie du disque, qui n'a favorisé l'éclosion de cette musique que pour des raisons mercantiles. Un disque de blues ne coûtait pas grand-chose à produire et pouvait rapporter très gros. D'ailleurs, nombre de chansons traditionnelles qui n'étaient pas des blues se sont vu accoler l'épithète à leur titre dès que les labels ont compris que c'était lucratif. Une sorte de « *blues washing* » avant le *greenwashing*.

Table

COMPOSITION ET MISE EN PAGES
NORD COMPO À VILLENEUVE-D'ASCQ

#lisez engagé !
www.lisez.com
Pour plus d'information :
Imprimé sur du papier issu de forêts gérées durablement.

ACHEVÉ D'IMPRIMER EN AOÛT 2025
PAR NORMANDIE ROTO IMPRESSION S.A.S.
61250 LONRAI
N° D'ÉDITION : S14836/01 – N° D'IMPRESSION : 2503554
IMPRIMÉ EN FRANCE